FRIENDS from the OTHER SIDE

AMIGOS DEL OTRO LADO

Story by / Escrito por GLORIA ANZALDÚA

Pictures by / Ilustrado por CONSUELO MÉNDEZ

For Missy's children   *Para los niños de Missy*
–Gloria Anzaldúa

For my brothers, Sixto and Reinaldo, and my sister, Reina
Para mis hermanos, Sixto y Reinaldo, y mi hermana, Reina
–Consuelo Méndez

Children's Book Press / Libros para niños • San Francisco, California

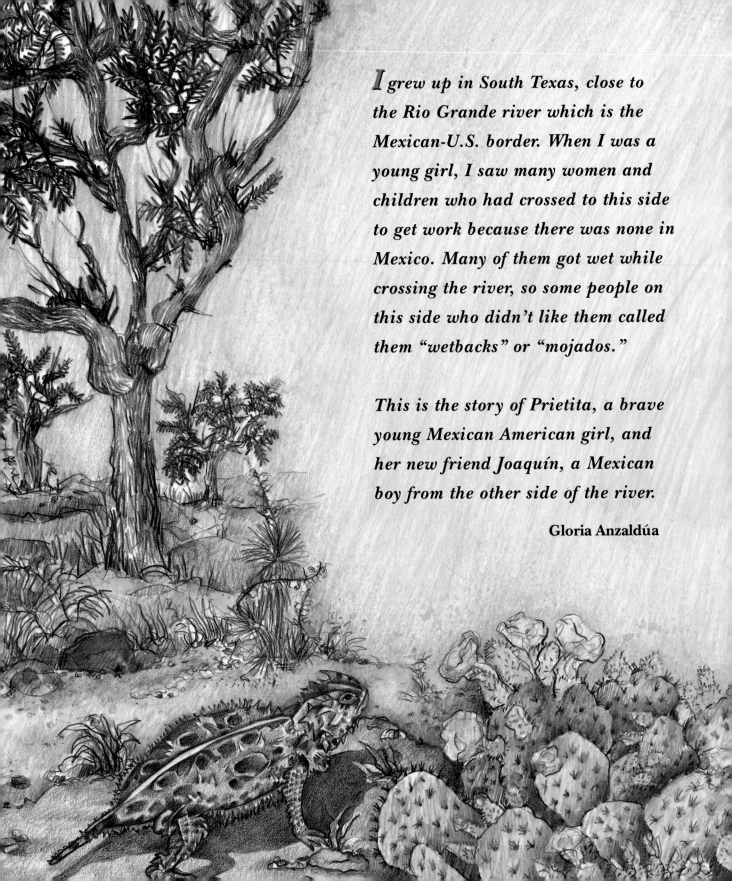

I grew up in South Texas, close to the Rio Grande river which is the Mexican-U.S. border. When I was a young girl, I saw many women and children who had crossed to this side to get work because there was none in Mexico. Many of them got wet while crossing the river, so some people on this side who didn't like them called them "wetbacks" or "mojados."

This is the story of Prietita, a brave young Mexican American girl, and her new friend Joaquín, a Mexican boy from the other side of the river.

Gloria Anzaldúa

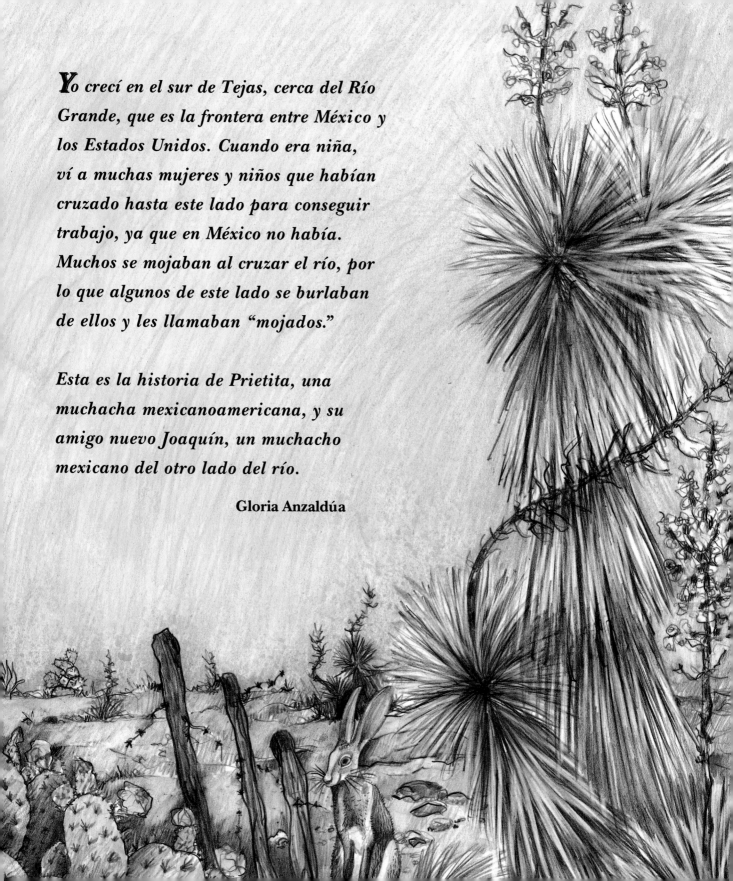

Yo crecí en el sur de Tejas, cerca del Río Grande, que es la frontera entre México y los Estados Unidos. Cuando era niña, ví a muchas mujeres y niños que habían cruzado hasta este lado para conseguir trabajo, ya que en México no había. Muchos se mojaban al cruzar el río, por lo que algunos de este lado se burlaban de ellos y les llamaban "mojados."

Esta es la historia de Prietita, una muchacha mexicanoamericana, y su amigo nuevo Joaquín, un muchacho mexicano del otro lado del río.

Gloria Anzaldúa

Prietita was sitting on the thick low branch of the mesquite tree in the backyard when Joaquín came to the gate of her house to sell firewood. Prietita wondered why he wore a long-sleeve shirt when it was so hot that most boys went shirtless.

"Did you come from the other side? You know, from Mexico?" asked Prietita, having noticed that his Spanish was different from hers.

Prietita estaba sentada en una rama bajita del mesquite detrás de su casa cuando Joaquín llegó a la puerta de la cerca vendiendo leña. "¿Por qué anda en camisa de manga larga en este calorón cuando casi todos los muchachos andan sin camisa?" se preguntó Prietita.

"¿Viniste del otro lado? Tú sabes, de México," le preguntó Prietita, quien ya había notado que su español era distinto al suyo.

"Yes," answered Joaquín, keeping his head down, a chunk of limp blue-black hair falling over his forehead and his face. His skinny fingers kept pulling his sleeves over his wrists.

When he bent to lift up the cord of wood, Prietita noticed the large boils on his forearms. She realized that he was ashamed of the sores. She thought about the herb woman and her healing powers, but before she could say a word, Joaquín hurried away with his head down.

"Sí," contestó Joaquín, manteniendo la cabeza agachada. Un mechón de su pelo liso, tan negro que parecía azul, cubría su frente y parte de su cara. Con sus dedos flacos estiraba los puños de la camisa sobre sus muñecas.

Cuando él se agachó a levantar la leña, ella notó que sus brazos estaban cubiertos de llagas horribles. Se dió cuenta de que él sentía vergüenza de tener esas llagas. Prietita pensó en la curandera y en sus remedios, pero antes de poder hablar, Joaquín ya salía con la cabeza bajada.

Prietita heard some of the neighborhood kids yelling and went through the gate to see what was happening.

"Look at the *mojadito*, look at the wetback!" called out her cousin Teté.

"Hey, man, why don't you go back where you belong? We don't want any more *mojados* here," said another boy.

Prietita felt her body go stiff. She had known Teté and his friends all her life. Sometimes she even liked Teté, but now she was angry at him. She felt pulled between her new friend and her old friends.

Prietita oyó a los muchachos de su vecindad gritando y fué a asomarse.

"¡Miren al mojadito, miren al mojadito!" gritó su primo Teté.

"Hey, mojado, ¿por qué no te vas pa'l otro lado de donde viniste?" dijo otro muchacho.

Prietita sintió que su cuerpo se entiezaba. Sintió pena por Joaquín y coraje hacia los otros muchachos. Había conocido a Teté y a sus amigos toda su vida. Se sentía dividida entre su amigo nuevo y sus amigos viejos.

When one of the boys bent and picked up a rock, Prietita ran in front of Joaquín.

"What's the matter with you guys? How brave you are, a bunch of *machos* against one small boy. You should be ashamed of yourselves!"

"What's it to you? Who asked you to butt in, Prietita?" said Teté.

"Shhu, Teté, let's go," said another, pulling his arm. The boys walked away, taking their time, acting as though they had chosen to leave.

Uno de los muchachos se agachó y recogió una piedra. Prietita corrió y se puso delante de Joaquín. "¿Qué les pasa a ustedes? Qué valientes son, un montón de machos contra un pequeño muchacho flaco. ¡Deberían tener vergüenza!"

"¿Y a ti qué te importa? ¿Quién te dijo que te metieras?" dijo Teté.

"Cállate, Teté. Vente," le dijo otro, halandolo del brazo. Los muchachos se fueron, vacilando, como si ellos mismos hubieran decidido irse.

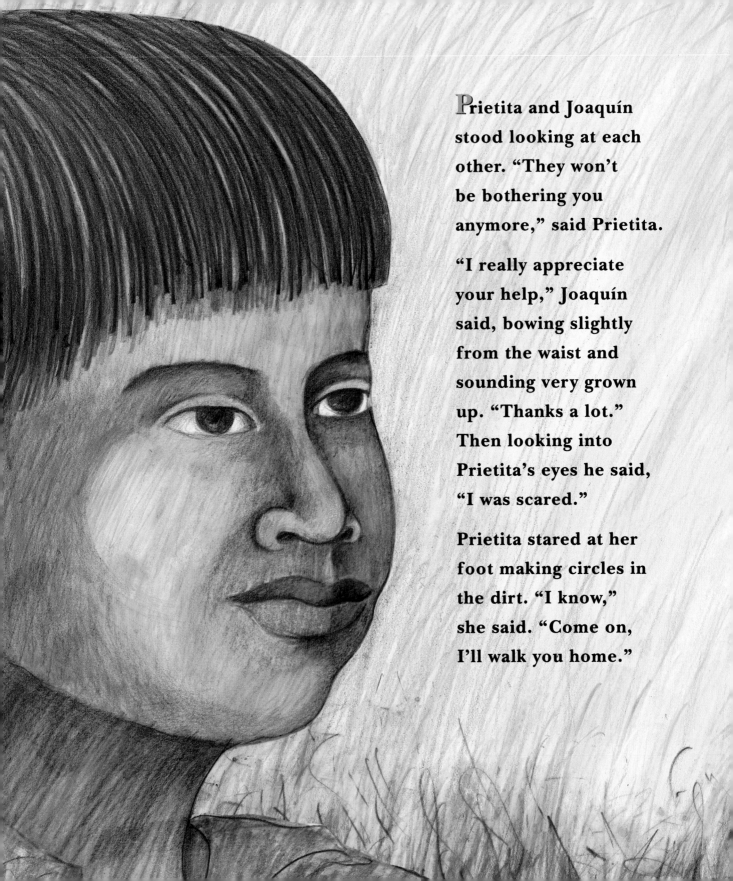

Prietita and Joaquín stood looking at each other. "They won't be bothering you anymore," said Prietita.

"I really appreciate your help," Joaquín said, bowing slightly from the waist and sounding very grown up. "Thanks a lot." Then looking into Prietita's eyes he said, "I was scared."

Prietita stared at her foot making circles in the dirt. "I know," she said. "Come on, I'll walk you home."

Prietita y Joaquín quedaron mirándose uno al otro. "Ya no te van a molestar," le dijo Prietita.

"Agradezco tu apoyo," respondió Joaquín, inclinando la cabeza hacia ella y sonando muy adulto. "Te quiero dar las gracias," continuó. "Tuve miedo."

Prietita miraba su pie haciendo círculos en la tierra, y dijo, "Yo sé. Ven, te acompaño a tu casa."

They came to a tumbledown shack with one wall missing. In place of the wall was a water-streaked tarp. "*Mamá*," Joaquín called out, "We have a visitor."

"Come in, come in," said a small woman with a tired face and damp hair. She lifted the edge of the canvas to let them in. "Would you like something to eat?"

"No, thank you," said Prietita, sitting on a straw mat that covered a dirt floor. She saw pride in their faces and knew that they would offer a guest the last of their food and go hungry rather than appear bad-mannered.

Llegaron a un jacal que estaba casi cayéndose y que le faltaba una pared. En lugar de la pared tenía una lona. "Mamá, tenemos visita," dijo Joaquín.

"Pásele, pásele," dijo una mujer chaparrita y delgadita con una cara pálida y pelo húmedo. Alzó una punta de la lona para permitirles entrar. "¿Quiere algo de comer?"

"No, gracias," dijo Prietita, sentándose sobre un petate que cubría el piso de tierra. En las caras de los dos vió el orgullo y supo que compartirían su poca comida aunque después pasaran hambre.

The woman said, "We had to cross the river because the situation on the other side was very bad. I couldn't find work and Joaquín was in rags."

"It's the same on this side," said Joaquín squatting on the dirt floor. "If only we could find real work instead of the occasional odd job in exchange for food and old clothes."

"I'll tell the neighbor women about you. Maybe they'll have some work," said Prietita. She stayed awhile and then said, "I have to go do my chores now. Joaquín, please bring some wood tomorrow and see if you can stay and play with me."

La mujer dijo, "Cruzamos el río porque la situación al otro lado está muy mal. No conseguía trabajo y el muchacho andaba en garras."

"Es lo mismo de este lado," dijo Joaquín. "Aquí no más hemos hallado uno que otro trabajo donde sólo nos pagan con comida o ropas viejas.

"Yo les avisaré a mis vecinas. Quizás les den trabajo," dijo Prietita.

Prietita se quedó un rato y luego les dijo, "Tengo que irme para empezar mis quehaceres. Joaquín, por favor tráe un poco de leña mañana y a ver si te quedas un rato a jugar conmigo."

The next day Joaquín came to the gate again. Prietita asked him to give her a push on the tire-swing hanging from the gnarled mesquite tree. He returned the next day and the next. Prietita always saved some of her lunch and put it in a paper bag for him. She would leave it by the gate to lessen his shame for being poor. When Joaquín felt less shy with her, she would take him to the herb woman and have her cure his sores.

Al día siguiente Joaquín llegó a la puerta de la cerca otra vez. Prietita le pidió que le diera un empujón en el columpio hecho de una llanta que colgaba del mesquite. Al día siguiente volvió, y al próximo también. Prietita siempre le guardaba parte de su lonche. Se lo ponía en una bolsa de papel y se lo dejaba en la puerta de la cerca para que no se avergonzara de su pobreza. Cuando Joaquín se sintiera más comodo con ella, lo llevaría a la curandera para curar sus llagas.

One afternoon while Prietita and Joaquín were playing a Mexican card game called *lotería*, a neighbor woman arrived out of breath. "The Border Patrol's coming!" she shouted. "*La migra!*"

Joaquín jumped out of his seat. "You know they'll check the old shacks. They'll find my mother and take her away!"

Una tarde mientras Prietita y Joaquín jugaban un juego mexicano llamado lotería, una vecina llegó muy de prisa gritando, "¡La migra, allí viene la migra!"

Joaquín saltó de su silla. "Tú sabes que siempre buscan en los jacales viejos. ¡Van a encontrar a mi mamá y se la van a llevar!"

Prietita and Joaquín ran to get his mother.
When they reached the shack, Prietita said,
"Hurry, come with me." All three of them ran into the street.

"Where can we hide?" asked Joaquín.

Prietita took his hand and felt it tremble. "The herb woman will
know what to do," she said, leading him through the streets of the
little town, as his mother followed close behind.

Prietita y Joaquín corrieron a buscar a su mamá.
Cuando llegaron al jacal, Prietita dijo, "¡Vengan
conmigo, apúrense!" Los tres corrieron a la calle.

"¿Dónde nos escondemos?" preguntó Joaquín.

Prietita tomó la mano de Joaquín y la sintió temblar. "La
curandera sabrá que hacer," le dijo, conduciéndolo por las calles
del pueblito, mientras su mamá les seguía muy de cerca.

When they entered the herb
woman's house they saw that she was
already drawing the curtains. "Joaquín,"
she said, "you and your mother go hide
under the bed and don't make a sound."

Cuando entraron a la casa de la curandera vieron que ella
ya estaba cerrando las cortinas. "Joaquín," dijo, "tú y tu
mamá, métanse debajo de la cama y quédense quietos."

From behind the curtains, Prietita and the herb woman watched the Border Patrol van cruise slowly up the street. It stopped in front of every house. While the white patrolman stayed in the van, the Chicano *migra* got out and asked, "Does anyone know of any illegals living in this area?" Prietita and the herb woman saw a couple of people shake their heads and a few others withdraw into their houses.

They heard a woman say, "Yes, I saw some over there," pointing to the *gringo* side of town–the white side. Everybody laughed, even the Chicano *migra*.

As the van approached their house, Prietita and the herb woman held their breath, but the van drove on without stopping.

Detrás de las cortinas, Prietita y la señora miraban la camioneta de la migra pasar despacito por la calle. Se paraba frente a cada casa y uno de los dos agentes de la migra se bajaba. Casi todas las veces se bajaba el agente chicano para preguntar, "¿Saben ustedes dónde se esconden los mojados?" Algunos indicaban que no con la cabeza y otros se quedaban callados. Algunos se metían en sus casas.

Siempre había una persona que contestaba, "Sí, ví a unos por allá," apuntando al lado del pueblo donde vivían los gringos. Todos se reían, hasta el agente chicano.

Cuando la camioneta de la migra se acercó a su casa, Prietita y la señora sintieron que ya no podían respirar, pero la camioneta siguió por la calle sin detenerse.

Two hours after the border patrolmen had left, Prietita, Joaquín, and his mother were sitting in the herb woman's kitchen quietly sipping peppermint tea and recovering from their fright.

"Prietita, Joaquín, come," said the herb woman. "Let's go gather some herbs."

Dos horas despues de que la migra se había ido, Prietita, Joaquín y su mamá estaban sentados en la cocina de la curandera tomando té de yerbabuena y calmándose del susto.

"Prietita, Joaquín, vengan," dijo la curandera. "Vamos a recoger unas yerbitas."

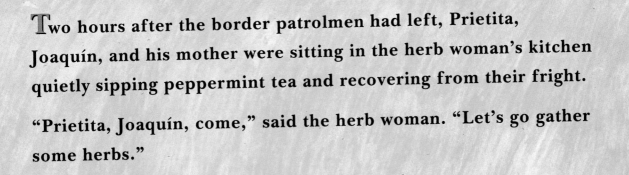

"Prietita, I'm going to show you how to prepare these herbs in a paste you can use to heal Joaquín's arms. "It's time for you to learn. You are ready now. "

"Prietita, te voy a enseñar a preparar estas hierbas en una pasta que puedes usar para curar los brazos de Joaquín. "Ya es hora de aprender. Estás lista."

Gloria Anzaldúa is a major Mexican-American/Chicana literary voice. She is the author of *Borderlands/La Frontera*, the editor of *Making Face, Making Soul,* and the co-editor of *This Bridge Called My Back: Writings by Radical Women of Color* (winner of the Before Columbus Foundation American Book Award). The Spanish that she uses in this story is the Chicano Spanish spoken by many Mexican American people and is different from the Spanish used in Latin America and Spain. Gloria grew up in South Texas and lives in Santa Cruz, California. This is her first book for children.

Consuelo Méndez is a painter and graphic artist from Caracas, Venezuela, whose work is widely exhibited in Latin America. She spent a large part of her growing up years in South Texas before coming to San Francisco to study art. She returned to South Texas in order to do research for this book, which she illustrated in watercolors, graphite and colored pencils, and collage. She has illustrated several books for children, including *Atariba and Niguayona* with Children's Book Press.

Story copyright (c) 1993 by Gloria Anzaldúa. All rights reserved.

Illustrations copyright (c) 1993 by Consuelo Méndez. All rights reserved.

Editors: Harriet Rohmer and David Schecter

Design: Nancy Hom   Production: Tony Yuen   Photography: Lee Fatherree

Thanks to Reina and Reinaldo Méndez, Betty Pazmiño, Francisco Herrera, Ana Fores, Catania Galvan and Irma Ayala

Printed in Hong Kong through Marwin Productions. Children's Book Press is a nonprofit community publisher. Children's Book Press is grateful to the California Arts Council, the Wallace Alexander Gerbode Foundation, the Fleishhacker Foundation, the Wells Fargo Foundation, the Neutrogena Corporation, and the Morris Stulsaft Foundation whose generous donations helped support the publication of *Friends From the Other Side/Amigos del otro lado* through our "Books About You and Me" project.

Distributed to the book trade by Publishers Group West
Quantity discounts available through the publisher for educational and nonprofit use.

Library of Congress Cataloging-in-Publication Data

Anzaldúa, Gloria.
Friends from the other side = Amigos del otro lado/ story by Gloria Anzaldúa: pictures by Consuelo Méndez. p. cm.
Summary: Having crossed the Rio Grande into Texas with his mother in search of a new life, Joaquín receives help and friendship from Prietita, a brave young Mexican American girl.
ISBN 0-89239-130-8
[1. Mexican Americans–Fiction. 2. Texas–Fiction. 3. Friendship–Fiction. 4. Spanish language materials–Bilingual.]
I. Méndez, Consuelo, ill. II. Title. III. Title: Amigos del otro lado.
PZ73.A59 1993 [Fic]–dc20 92-34384 CIP AC